Dans les jeux les plus innocents,
L'enfant passe d'heureux instants.

JULIEN

ET

JULIETTE,

OU LES

ÉCOLIERS SAGES, STUDIEUX ET OBÉISSANS.

Choix de jolies historiettes ,

FABLES ET PENSÉES MORALES,

PRÉCÉDÉES

D'Alphabets de différents caractéres et des premiéres
leçons de lecture à l'usage des écoles primaires
des deux sexes,

PAR UN PROFESSEUR.

DOUAI,

Chez ADOLPHE OBEZ, Correspondant de la
librairie de l'Université de France.

—

1843.

IMPRIMERIE DE VANACKERE, LIBRAIRE,

Grande-Place, N.o 7, à LILLE.

A B C D E F G
H I J K L M N
O P Q R S T
U V W X Y Z.

a b c d e f g
h i j k l m n
o p q r s t
u v w x y z.

Il est important de prononcer J , ji.

1*

a b c d e f g h i j k l m n o p q r s t u v w x y z.

A B C D E F G H I K L M N O P Q R S T U V V W X Y Z.

a b c d e f g h i j k l m n o p q r s t u v w x y z.

A B C D E F G H I J K L M N O P Q R S T U V W X Y Z.

a b c d e f g h i
j k l m n o p q r
s t u v w x y z.

A B C D E F G H I
J K L M N O P Q
R S T U V W X Y Z.

a b c d e f g h i j k l m
n o p q r s t u v w x y z.

A B C D E F G H I
K L M N O P Q R
S T U V W X Y Z.

a b c d e f g h i j k l m
n o p q r s t u v w x y z.

A B C D E F G H I
K L M N O P Q R
S T U V W X Y Z.

a b c d e f g h i j k l m n
o p q r s t u v w x y z.

A B C D E F G H I K
L M N O P Q R S T
U V W X Y Z.

a b c d e f g h i j k l m n o p q r s
t a t u b c y z c ff ff ß ff

A B C D E F G H I K L M N
O P Q R S T U V W X Y Z.

a b c d e f g h i j k l m n
o p q r s t u v w x y z.

LETTRES VOYELLES.

AEIOUY. -- aeiouy.

LETTRES CONSONNES.

B C D F G H J K L M

b c d f g h j k l m

N P Q R S T V W X Z.

n p q r s t v w x z.

LETTRES LIÉES ENSEMBLE.

æ œ ſi ſſi ſl ſſl ſt ff fi ffi fl ffl ct &.

SYLLABES.

ba	be	bé	bè	bi	bo	bu
ca	ce	cé	cè	ci	co	cu
da	de	dé	dè	di	do	du
fa	fe	fé	fè	fi	fo	fu
ga	ge	gé	gè	gi	go	gu
ha	he	hé	hè	hi	ho	hu
ja	je	jé	jè	ji	jo	ju
ka	ke	ké	kè	ki	ko	ku
la	le	lé	lè	li	lo	lu
ma	me	mé	mè	mi	mo	mu
qua	que	qué	què	qui	quo	quu
ra	re	ré	rè	ri	ro	ru
sa	se	sé	sè	si	so	su
ta	te	té	tè	ti	to	tu
va	ve	vé	vè	vi	vo	vu
xa	xe	xé	xè	xi	xo	xu
za	ze	zé	zè	zi	zo	zu

AUTRES SYLLABES.

pha phe phé phè phi pho phu

Se prononce comme.

fa fe fé fè fi fo fu

gea ge gé gè gi geo geu

Comme :

ja je jé jè ji jo ju

rha rhe rhé rhè rhi rho rhu

Comme :

ra re ré rè ri ro ru

ça ce cé cè ci ço çu

Comme :

sa se sé sè si so su

tha the thé thè thi tho thu

Comme :

ta te té tè ti to tu.

SONS FORMÉS D'UNE VOYELLE

ET DE DEUX CONSONNES.

bla ble blé blè bli blo blu
bra bre bré brè bri bro bru
chra chre chré chrè chri chro chru
cla cle clé clè cli clo clu
dra dre dré drè dri dro dru
fra fre fré frè fri fro fru
gla gle glé glè gli glo glu
gna gne gné gnè gni gno gnu
gra gre gré grè gri gro gru
gua gue gué guè gui guo guu
pla ple plé plè pli plo plu
pra pre pré prè pri pro pru
spa spe spé spè spi spo spu
sta ste sté stè sti sto stu
tla tle tlé tlè tli tlo tlu
tra tre tré trè tri tro tru
vra vre vré vrè vri vro vru

MOTS D'UNE SYLLABE.

blanc	bleu	bien	bœuf	boit
caux	cent	ceux	cinq	corps
dans	deux	dix	dont	d'un
eau	en	est	eut	eux
faut	feint	frit	font	fut
grand	grec	gris	gros	gru
haut	hé	hi	hors	hu
ja	je	ji	joue	luth
mal	met	mil	mou	mur
n'a	nerf	nid	nord	nu
pas	peu	pis	pot	pu
que	quel	qu'il	qu'on	qu'un
rat	ret	ris	roc	ru
sain	sel	s'ils	sot	suc
tant	tel	tic	tort	turc
val	ver	vil	vol	vu

MOTS DE DEUX SYLLABES.

Pè-re, frè-re, cou-sin, mè-re, tan-te, gâ-teau, pa-pa, ne-veu, jou-jou, cu-ré, ma-man, tou-tou, a-mi,

2

pom-me, bal-lon, re-çu, poi-re,
pou-pée, pâ-té, se-rin, vo-lant,
sa-ge, bou-le, cli-mat, fa-de,
chi-en, bon-net, é-tat, hi-ver,
voi-sin, ra-re, le-çon, fou-dre,
a-vec, bon-ne, jar-din, li-on,
ver-tu, don-ner, ac-te, grâ-ce,
che-val, vi-ce, pla-ce, dor-mir.

MOTS DE TROIS SYLLABES.

A-pô-tre, pru-den-ce, ca-ba-ne,
mon-ta-gne, cou-ra-ge, hon-nê-te,
dé-chi-rer, ap-pre-nez, res-pec-ter,
sen-ti-ment, con-cer-ter, pa-
ro-le, tra-vail-ler, men-son-ge,
ma-la-dies.

MOTS DE QUATRE SYLLABES.

E-co-no-mie, in-dul-gen-ce,
com-plai-san-ce, po-li-tes-se,
la-bo-ri-eux, im-pos-tu-re, mé-
di-san-ce, mé-pri-sa-ble, hy-po-
cri-te, se-cou-ra-ble, pa-ti-en-ce,

par-don-na-ble , res-pec-ta-ble ,
cul-ti-va-teur; mas-ca-ra-de, la-
pi-dai-re , ho-no-ra-ble , zo-di-a-
que.

MOTS DE CINQ SYLLABES.

E-du-ca-ti-on , ex-pli-ca-ti-on,
i-nex-o-ra-ble , ban-que-rou-tier,
gé-né-ra-le-ment , li-mo-na-di-er,
pro-di-ga-li-té , in-gra-ti-tu-de ,
ex-ac-ti-tu-de , in-té-ri-eu-re ,
in-cor-ri-gi-ble, or-di-nai-re-ment.

MOTS DE SIX ET SEPT SYLLABES.

A-na-lo-gi-que-ment.
Ma-nu-fac-tu-rier.
A-rith-mé-ti-que-ment.
Ci-vi-li-sa-ti-on.
Ha-bi-tu-el-le-ment.
Ré-gu-liè-re-ment.
Ex-com-mu-ni-ca-tion.
Par-ti-cu-liè-re-ment.

LEÇONS A ÉPELER.

Mes chers en-fants, la lec-tu-re est bien l'ob-jet le plus pé-ni-ble, le plus a-ri-de, le plus re-bu-tant de vo-tre â-ge; mais quand un jour vous re-con-naî-trez que c'est la clef de tou-tes les sci-en-ces, le seul moy-en de ré-us-sir dans les arts, com-bien ne vous es-ti-me-rez-vous pas heu-reux d'a-voir vain-cu tou-tes ces dif-fi-cultés! Com-bien n'au-rez vous pas d'o-bli-ga-ti-ons à ceux qui vous au-ront gui-dé dans cet-te car-riè-re, a-pla-ni le che-min, et ai-dé à sur-mon-ter tous les obs-ta-cles! Ce n'est que dans quel-ques an-nées que vous pour-rez ap-pré-cier le mé-ri-te de la lec-tu-re, lors-qu'a-vec son se-cours vous pour-rez ren-dre hom-ma-ge au Cré-a-teur de tou-tes cho-ses; con-naî-tre, en li-sant les li-vres saints, tou-te l'é-ten-due de ce qu'il a fait pour vous, et les mo-yens de lui en té-moi-gner vo-tre re-con-nais-san-ce.

Par la lec-tu-re, vous pour-rez pré-ten-dre à tou-tes les con-nais-san-ces. Ou-tre la per-fec-ti-on que vous ac-quer-rez dans l'é-tat que vous em-bras-se-rez, la gé-o-gra-phie vous fe-ra con-naî-tre les di-vers ha-bi-tants de la ter-re; et l'his-toi-re, en vous fai-sant le ré-cit de leurs ac-ti-ons, vous di-ra cel-les que vous de-vez i-mi-ter et cel-les que vous de-vez re-je-ter. C'est là que vous pou-vez pui-ser la vraie sa-ges-se qui vous fe-ra ché-rir de vos pa-rents et ai-mer de tout le mon-de.

2*

LE CRI DES ANIMAUX.

L'A - beil - le bour -
don-ne.
L'A-gneau bêle.
L'Ai-gle trom-pè-te.
L'A-ne brait.
Le Bœuf beu-gle ou
mu-git.
Le Cerf bra-me.
Le Chat mi-au-le.
Le Che-val hen-nit.
Le Chi-en a-boie
Le Co-chon gro-gne.
Le Coq chan-te.
Le Cor-beau cro-as-se.
Le Din - don glou-
glou-te.
La Gre - nouil - le
co-as-se.

Les Han-ne-tons bour-
don-nent.
L'Hom-me par-le.
Le La pin cla-pit.
Le Li-on ru-git.
Le Loup hur-le.
Les Mou-tons bê-lent.
Le Moi-neau pé-pie.
La Pie ba-bil-le.
Le Pi-geon rou-coule.
La pou-le glous-se.
Le Re-nard gla-pit.
Le Ros - si - gnol ra-
ma-ge
Le Ser-pent sif-fle.
Le Tau-reau beu-gle.
La Tour-te-rel-le gé-
mit.

NOMBRES COLLECTIFS.

U-ne cou-ple.
U-ne pai-re.
U-ne hui-tai-ne.
U-ne neu-vai-ne.
U-ne di-zai-ne.
U-ne dou-zai-ne.
Une de-mi-dou-zai-ne.

U-ne quin-zai-ne.
U ne ving-tai-ne.
U-ne tren-tai-ne.
U-ne qua-ran-tai-ne.
U-ne cin-quan-tai-ne.
U-ne soi-xan-tai-ne.
U-ne cen-tai-ne.

U-ne cou ple *d'œufs*.
U-ne cou-ple *de pom-mes*.
U-ne cou-ple *d'é-cus*.
U-ne cou-ple *de jours*.
U-ne pai-re *de sou-liers*.
U-ne pai-re *de man-chet-tes*.
U-ne pai-re *de gants*.
U-ne pai-re *de bou-cles*.
U-ne pai-re *de pi-geons*.

Le qua-train.   Le huit-ain.
Le si-zain.   Le di-zain.

NOMBRES DISTRIBUTIFS.

Un à un.   Qua-tre à qua-tre.
Deux à deux.   Cinq à cinq.
Trois à trois.   Six à six.

Un quart *d'heu-re*.
Un quar-tier *de lu-ne*.
Un quar-tier *de veau*.
Un quar-te-ron *d'œufs*.
U-ne de-mi-bou-teil-le *de vin*.

DES NOMS PAR ABRÉGÉ

Qui s'emploient dans l'impression et dans l'écriture.

Monsieur	M.
Messieurs	MM.
Monseigneur	Mgr.
Messeigneurs	Mgrs.
Maître.	M^c
Maîtres	M^{es}
Madame.	Mme
Mademoiselle	Mlle
Docteur.	D^r
Messire	M^{re}
Sa Majesté	S. M.
Votre Majesté.	V. M.
Son Altesse	S. A.
Son Altesse Sérénissime . . .	S. A. S.
Son Altesse Royale	S. A. R.
Son Altesse Electorale. . . .	S. A. E.
Son Eminence.	S. E.
Son Excellence	S. Ex.
Leurs Excellences.	LL. EE.
Leurs Hautes-Puissances. . .	L. H. P.
Saint	St.
Sainte	Ste.
Le Révérend Père.	L. R. P.
Notre-Seigneur-Jésus-Christ.	N. S. J. C.

DU TEMPS.

Le So-leil s'est levé ce ma-tin, et il se le-ve-ra de mê-me de-main ma-tin. Le temps qui s'é-cou-le de-puis un le-ver du so-leil jus-qu'à l'au-tre se nom-me jour. Cet es-pa-ce de temps se di-vi-se en vingt-qua-tre heu-res. On comp-te aus-si le jour de-puis mi-nuit jus-qu'au re-tour du ma-tin.

Sept jours for-ment ain-si ce qu'on nom-me u-ne se-mai-ne. Voi-ci les noms de cha-cun de ces jours: Di-man-che, Lun-di, Mar-di, Mer-cre-di, Jeu-di, Ven-dre-di, Sa-me-di. Tren-te, ou bien tren-te et un jours for-ment un mois, et il y a dou-ze mois dans l'an-née, les-quels se nom-ment: Jan-vi-er, Fé-

vri-er, Mars, A-vril, Mai, Ju-in,
Juil-let, A-oût, Sep-tem-bre, Oc-
to-bre, No-vem-bre, Dé-cem-bre.

L'an-née se di-vi-se en qua-tre
sai-sons ; sa-voir : le Prin-temps,
l'E-té, l'Au-tom-ne, l'Hi-ver.
Cha-que sai-son du-re en-vi-ron
trois mois.

Un lus-tre est l'es-pa-ce de cinq
ans.

U-ne in-dic-ti-on est l'es-pa-ce
de quin-ze ans. Ce ter-me n'est en
u-sa-ge que lors-qu'il s'a-git du
ca-len-dri-er ro-main.

Un siè-cle est un es-pa-ce de
temps qui ren-fer-me cent ans.

RÉFLEXIONS

ET MAXIMES MORALES.

Un men-teur est un ma-ga-sin de vent, l'é-cho du dé-mon et l'en-ne-mi mor-tel de sa ré-pu-ta-ti-on.

Un en-fant dé-so-bé-is-sant est la hon-te et l'op-pro-bre de la na-tu-re.

La sa-ges-se et la mo-des-tie ne s'at-ti-rent pas moins l'es-ti-me des hom-mes que leurs re-gards.

L'or-gueil est le plus an-cien et le plus u-ni-ver-sel de tous les dé-ré-gle-ments ; mais en mê-me temps il est aus-si le plus fa-de et le plus ri-di-cu-le.

Les sci-en-ces et les beaux-arts ne man-quent ja-mais de pro-tec-teurs dans les é-tats d'un prin-ce qui sait ré-gner.

La bon-ne é-du-ca-ti-on de la jeu-nes-se est le ga-rant le plus sûr du bon-heur d'un é-tat.

C'est une in-di-gni-té de rap-pe-ler dans son sou-ve-nir une ac-ti-on qu'on a par-don-née, on doit en a-voir fait un sa-cri-fi-ce à l'ou-bli.

Quand la jus-ti-ce et la rai-son dis-tri-buent les ré-com-pen-ses et les châ-ti-ments, il est ra-re qu'un prin-ce soit mal ser-vi.

C'est ne sa-voir pas ai-mer que de fai-re, à son a-mi, u-ne con-fi-den-ce qui peut lui de-ve-nir pré-ju-di-ci-a-ble.

Sa-chez dis-si-mu-ler a-vec pru-den-ce les fai-bles-ses et les dé-fauts de vos a-mis, si vous vou-lez les con-ser-ver.

Ce-lui qui es-ti-me son ar-gent plus que son hon-neur, est in-di-gne de l'un et de l'au-tre

La dou-ceur fait plus que la vio-len-ce, et on ré-us-sit mieux a-vec la queue du re-nard qu'a-vec la grif-fe du li-on.

Ce-lui qui s'est con-ser-vé la pos-ses-sion de Dieu, n'a rien per-du quand il au-rait per-du le le res-te du mon-de.

Ce-lui qui né-gli-ge de fai-re du bien lors-que l'oc-ca-si-on s'en pré-sen-te, n'est pas moins bla-ma-ble que ce-lui qui ne man-que pas de fai-re du mal lors-qu'il le peut.

Ce-lui qui mé-di-te de se ven-ger, dis-po-se tout ce qui est né-ces-saire pour hâ-ter sa per-te.

La vo-lon-té de fai-re du bien sans le pou-voir est u-ne ver-tu, et le pou-voir sans la vo-lon-té est un vi-ce é-nor-me.

Souf-frir pour un a-mi, c'est cou-

3

ron-ner sa gloi-re de lau-ri-ers im-mor-tels.

Re-ce-voir un bien-fait de bon-ne grâ-ce et trou-ver du plai-sir à se rap-pe-ler ses o-bli-ga-ti-ons, est u-ne mar-que cer-tai-ne d'un cœur grand et bien pla-cé.

L'en-vie est, de tous les vi-ces, ce-lui qui co-pie le dé-mon a-vec le plus d'ex-ac-ti-tu-de et de res-sem-blan-ce.

Le dé-ses-poir est le par-ta-ge d'u-ne â-me fai-ble et ram-pan-te ; la ré-si-gna-ti-on et la pa-ti-en-ce sont ce-lui d'un es-prit fort et qui sait se pos-sé-der.

Dieu s'est dé-cla-ré le pro-tec-teur des af-fli-gés ; c'est donc lui res-sem-bler que de leur don-ner du se-cours.

A-vec de l'at-ten-ti-on, on peut

é-vi-ter bien des maux, et mê-me fai-re for-tu-ne. Le pa-res-seux qui ne son-ge qu'à dor-mir, perd bien des oc-ca-si-ons fa-vo-ra-bles.

Tout ce qui est u-ti-le ne peut ja-mais nui-re, et peut au con-trai-re nous ê-tre sou-vent d'u-ne gran-de res-sour-ce.

Gar-de-toi d'i-mi-ter les mé-chants et les in-sen-sés, si tu ne veux pas ê-tre con-dam-né à ré-pa-rer ton pro-pre dom-ma-ge et ce-lui des au-tres.

Veux-tu t'af-fer-mir dans tes bon-nes ré-so-lu-ti-ons, prends tou-tes sor-tes de moy-ens pour te les rap-pe-ler sans ces-se.

DE LA RELIGION.

DE tou-tes les con-nais-san-ces, cel-le de la vraie re-li-gi-on est, sans con-tre-dit, la plus né-ces-sai-re, puis-qu'el-le est es-sen-ti-el-le-ment li-ée à la bon-ne é-du-ca-tion, qu'el-les se sou-tien-nent l'u-ne par l'au-tre, et que le bon-heur des E-tats en dé-pend : car la re-li-gi-on est tou-jours le meil-leur ga-rant que l'on puis-se a-voir des hom-mes. En vain, sans re-li-gi-on pré-tend-on se pa-rer du beau nom d'hon-nê-te hom-me! pour mé-ri-ter ce ti-tre, on ne doit pas moins ren-dre à Dieu ce qu'on lui doit, que ce qu'on doit aux hom-mes. La Re-li-gi-on est un cul-te que l'on rend au vrai Dieu, cré-a-teur de tout ce qui ex-is-te, par le sa-cri-fi-ce du cœur et de l'es-prit, et par

la pra-ti-que des de-voirs et des
cé-ré-mo-nies que Dieu lui-mê-me
a en-sei-gnés et or-don-nés aux
hom-mes par ses Pro-phè-tes et
par Jé-sus-Christ, le Fils de Dieu,
de-ve-nu hom-me, et né d'u-ne
Vi-er-ge, qui a souf-fert la mort
pour le sa-lut du mon-de.

La vraie Re-li-gi-on mi-se en pra-
ti-que don-ne de la pro-bi-té à tout
le mon-de, de la jus-ti-ce aux Prin-
ces, de la fi-dé-li-té aux su-jets, de
l'in-té-gri-té aux ma-gis-trats, de la
sou-mis-si-on aux in-fé-ri-eurs, de
la bon-ne foi dans le com-mer-ce et
dans les con-trats, de l'u-ni-on dans
les ma-ri-a-ges, de la paix dans les
fa-mil-les; en-fin de l'é-qui-té et de
l'hu-ma-ni-té en-vers tous. L'ir-ré-
li-gi-on pro-duit tous les vi-ces
con-trai-res à ces ver-tus.

3*

PRÉCEPTES

DE LA SAGESSE.

DIEU t'a créé, tu n'adoreras que lui seul ; tu ne prononceras son nom qu'avec respect.

Tu révéreras ton père et ta mère, tu leur seras soumis, tu suivras leurs leçons. Quand ils seront vieux, tu les nourriras, car ils t'ont nourri dans ton enfance impuissante.

Honore les vieillards ; ils ont planté l'arbre qui te reçoit sous son ombre et celui qui te nourrit de son fruit ; ils ont bâti la maison qui te sert d'abri, et ils t'ont transmis les préceptes de la sagesse.

Si tu vois le feu dévorer la maison de ton frère, cours et ne l'abandonne pas que le feu ne soit éteint.

Partage ton toit et tes aliments avec celui que le feu a chassé de son asile.

Ne t'inquiète pas de ce qui se passe dans la maison de ton prochain, et ne porte pas des regards curieux dans l'intérieur de ses foyers.

Lorsque l'affliction entrera dans la maison de ton frère, ne t'éloigne pas de lui, mais va t'asseoir à son côté. Console-le, ne lui dis pas que la peine qu'il éprouve n'est pas un mal : ses yeux mouillés te démentiraient; mais pleure avec lui et parle-lui avec ménagement de la perte qu'il vient d'essuyer. Dis-lui que sa douleur est juste, tu le consoleras peu à peu et tu augmenteras la force des liens d'affections qui l'unissent à toi; et lorsque la douleur viendra dans ton ame, tu trouveras un consolateur et les secours que tu donnes à ton frère te seront rendus.

~~~~~~~~~~~~~~~~~~~~~~~~~~~~~~~~~~~~~~~

PENSÉES MORALES.

Que tes premiers respects soient pour la Divinité, tes seconds pour tes parents. Respecte la pudeur, conserve toujours la bonne foi. N'aie point un sentiment dans ton cœur, un autre sur tes lèvres.

Ne t'énorgueillis ni de tes richesses, ni de ta force, ni de ta sagesse.

Fuis toute action honteuse, conserve la tempérance. Ne suis point de dangereux exemples, et ne repousse l'injustice que par l'équité.

Ne trame point de ruses, ne trempe pas tes mains dans le sang. Sache mettre un frein à ta colère, et commande à ta main. Trop souvent, celui qui frappe devient meurtrier malgré lui.

Aie le faux témoignage en horreur. Que ta langue soit l'organe de la vérité. Dans tout ce que tu diras soit toujours vrai; ne permets pas à ta bouche le mensonge. Tiens scrupuleusement la balance égale et ne la laisse pencher d'aucun côté. Que tes jugements soient dictés par la justice. S'ils étaient iniques, tu serais jugé à ton tour par Dieu même. Crains en tout les extrêmes. En quelque chose que ce soit, la beauté résulte de la justesse des proportions.

Non content d'être juste, ne permets pas l'injustice. Sache vivre de ce que tu as justement acquis. Méprise les richesses que procure l'iniquité. Satisfait de ce que tu as, abstiens-toi de ce qui ne t'appartient pas

Si tu possèdes des richesses, partage-les avec le malheureux, et que l'indigence reçoive une portion de ce que Dieu t'a donné.

Ne dis pas au malheureux de revenir demain; donne-lui à l'instant même. Si tu ne peux rien lui donner, ne le rebute point. Ne sois pas pour le pauvre un créancier rigoureux.

Présente la main à celui qui tombe. Relève celui qui a fait une chute. Secours l'infortuné qui ne peut trouver d'appui. Souviens-toi que l'infortune est commune à tous les hommes, et que la félicité n'a rien de stable.

Ne ravis rien à personne : tout

ravisseur est l'objet de l'exécration publique.

Ne reçois point en dépôt le fruit du larcin. Celui qui vole et celui qui recèle sont coupables du même crime.

C'est toujours être coupable que de procurer au crime l'impunité.

Ne retiens pas le salaire de l'homme laborieux, et garde-toi d'opprimer ton semblable.

Ceins l'épée pour te défendre, et non pour attaquer. Plût à Dieu que tu n'eusses jamais besoin de t'armer, même pour une cause juste. Ne traverse pas le champ de ton voisin. Respecte son héritage. Respecte, dans la campagne, le fruit qui ne t'appartient pas.

Ne sois point prodigue : la prodigalité conduit à l'indigence ; mais

ne sois pas avare , car l'avarice est
la mère de bien des crimes. C'est
l'or qui conduit et égare les hom-
mes.... Funeste métal, que tu es
un guide infidèle! toi seul cause
notre perte; par toi seul , tout est
renversé. Plût au ciel que tu ne
fusses pas devenu pour nous un
mal nécessaire. C'est à toi que nous
devons les combats, les rapines, les
massacres. Par toi , les pères ne
trouvent quelquefois que de la
haine dans le cœur de leurs enfants; par toi, les frères deviennent
souvent les ennemis de leurs frères.

Compâtis aux maux de tes sem-
blables. Ne sois point ébloui de
l'éclat des richesses et des dignités ;
l'excès de ces biens passagers est
inconstant et funeste aux mortels
plongés dans les délices. ils recher-

chent de nouvelles voluptés. Le trop grand pouvoir conduit à l'orgueil, et l'orgueil produit l'insolence.

Que les maux que tu as éprouvés ne troublent pas ton ame. Il est impossible que ce qui est fait ne le soit pas.

La persuasion produit les plus grands biens. Les querelles et les plaintes n'engendrent que de nouvelles plaintes. Au contraire, l'homme d'un caractère doux et aimable fait le bonheur de ses concitoyens.

Pour ton propre intérêt mange, bois, parle avec mesure. Conserve en tout la modération. En tout évite l'excès qui est toujours nuisible.

N'attire pas les flatteurs dans ta société, surtout les flatteurs parasites. Les premiers n'ont en vue que leurs intérêts, les seconds

4

n'aiment que les festins. Ils achètent un bon repas avec de lâches caresses, se piquent aisément, et ne sont jamais satisfaits.

Ne te laisse pas accabler par le malheur. Que les événements heureux ne soient point pour toi l'objet d'une joie immodérée. Apprends à te conformer aux circonstances, et ne souffle jamais contre le vent. L'instant qui amène la douleur est suivi de l'instant qui amène la consolation.

Mortels, nous n'avons que peu de temps à vivre. Fortunés, défions-nous souvent dans la vie de ce qui nous paraît assuré. Infortunés, sachons, non braver le malheur, mais le supporter avec résignation et avec constance. Nos jours, nos mois, nos années ne sont que des

instants dans l'immensité des siè-
cles. Notre ame seule ne peut
éprouver la vieillesse. Seule elle
jouira d'une vie éternelle.

~~~~~~

DE L'HOMME.

LE corps humain se distingue de celui
des autres animaux, en ce qu'il s'élève tout
droit. On y distingue la tête, le corps
proprement dit, et les membres.

La partie supérieure de la tête est couverte de cheveux. Le point le plus élevé
de cette partie se nomme le sommet. Aux
deux côtés il y a des tempes et des oreilles.
Le devant de la tête se nomme la face. On
y distingue le front, les sourcils, les yeux
avec leurs paupières et leurs cils, le nez,
la bouche avec les lèvres, les joues et le
menton.

La tête tient au corps par le cou, dont

le devant se nomme la gorge, et le der-rière la nuque.

Le corps se divise en deux parties ; savoir : là partie supérieure ou le haut du corps, et la partie inférieure. La première contient les épaules, le dos, les flancs, la poitrine ; dans la partie inférieure il y a le ventre, les hanches et l'échine.

Les membres du corps sont les bras et les jambes. Chaque bras est composé de trois parties ; la main, l'avant-bras, le haut du bras. Il y a, à chaque main, cinq doigts que l'on nomme le pouce, l'index, le doigt du milieu ou majeur, le doigt annulaire et le petit doigt ou auriculaire. Les parties des jambes sont les cuisses, les jambes proprement dites, l'os de la jambe, la cheville du pied, les pieds, les talons et la plante des pieds. Les cinq doigts qui sont à chaque pieds se nomment orteils.

Tout mon corps est composé d'un grand nombre de parties.

Les parties solides se nomment les os,

les muscles, les nerfs, les glandes, les veines, les intestins, la peau, les cheveux, les ongles.

Les os de la tête sont le crâne, la mâchoire, les dents; celles-ci sont au nombre de trente-deux, et se distinguent en dents incisives, en dents canines et en dents mâchelières.

Les os du corps sont la clavicule, l'épine du dos, les côtes qui sont au nombre de douze de chaque côté, les os des hanches. Les os des membres sont tubiformes ou creux en dedans comme les canaux.

Les os sont liés entr'eux par des cartilages, des tendons ou des jointures.. Au-dedans ils sont remplis de moëlle.

Les intestins sont le cœur et les poumons avec la trachée-artère, ou le canal de la respiration, et l'œsophage ou le gosier. Dans le bas-ventre, il y a l'estomac, les boyaux, le foie, la rate, les reins, le mésentère ou les tripes. La partie inférieure du corps est séparée de la supérieure

4*

par une peau que l'on nomme le dia-phragme; et les boyaux sont enveloppés d'une autre peau, l'épiploon ou la coiffe du ventre.

Les parties fluides du corps humain sont la moëlle, la cervelle, le chyle, le sang, la salive, le fiel, la graisse, la sueur, les larmes et une partie des excréments.

La moëlle se trouve dans les os, la cer-velle dans la tête, le sang dans les veines, la salive dans la bouche, les larmes dans les yeux. Le fiel est amer. La sueur se détache du sang et sort du corps par les pores de la peau.

Je vis, c'est-à-dire que je puis entendre par les oreilles, voir par les yeux, sentir par le nez, goûter par la langue, et éprou-ver les sentiments du tact dans toutes les parties de mon corps : on nomme cela les cinq sens. Je puis rire et pleurer; je puis me remuer, marcher, me tenir debout, m'asseoir, me coucher, me baisser et me relever. Je puis aussi parler. J'emploie pour cela les poumons, la trachée-artère, la langue, les dents, les lèvres et les narines.

Mais il y a plus, c'EST QUE JE PUIS PENSER ; car mon être consiste principalement en UNE AME RAISONNABLE.

Je puis me retracer ce que j'ai vu, ou entendu, ou senti, ou goûté, ou touché. Je sais aussi quelles sensations les objets m'ont fait éprouver: s'ils étaient agréables ou désagréables à la vue, si le son en était fort ou faible, s'ils étaient durs ou mous, puants ou de bonne odeur, doux ou amers.

Je puis me retracer l'idée de la lune qui luit, des étoiles qui brillent.

Je sais que le lait est blanc, que les charbons sont noirs, que le sang est rouge, que le citron est jaune, que les feuilles sont vertes et que le ciel est bleu.

Je connais le son de voix de mon père et de ma mère, le chant et le gazouillement des oiseaux, le coassement des grenouilles ; car j'ai entendu tout cela.

Je sais qu'un miroir est uni et qu'une lime est rude, que le feu brûle, que la glace est froide, et que les pierres sont dures et les lits mous, car je l'ai senti.

Je sais qu'une rose a une odeur agréable, et que le fumier est puant ; car mon odorat a éprouvé ces sensations.

Je sais que le sucre est doux et l'absinthe amère ; car je les ai goûtés.

Je me rappelle ce que j'ai appris hier, dans ma leçon, et comment tout est arrangé dans ma chambre.

Ce n'est ni ma main, ni mon pied, ni même ma tête qui font que je puis me rappeler toutes ces choses. Cela vient de mon ame, qui ne meurt point, lorsque le corps cesse de vivre.

De la Santé.

Lorsque toutes les parties du corps sont dans l'état où elles doivent être naturellement, l'homme se porte bien, et on nomme cela l'état de santé. Le corps se nourrit en mangeant et en buvant, et il se conserve par l'alternative du mouvement et du repos. Le meilleur mouvement c'est le travail, et le sommeil est le meilleur repos. Mais je puis aussi tomber malade en me livrant à la colère et à la méchanceté, ou en sautant trop, ou en mangeant sans ordre ou sans mesure, ou en buvant lorsque je me sens échauffé; en m'accoutumant à prendre du café, du thé et à boire du vin, ou en dormant trop ou trop peu, ou en négligeant la propreté, ou en tombant et me coignant, car on peut par-là se briser quelques os et se disloquer quelques membres. Je puis aussi me faire un grand mal en me refroidissant après m'être fort échauffé. Ce sont toutes choses dont je veux me garder avec soin.

J'ai déjà été malade plus d'une fois.

Les maladies les plus ordinaires qui attaquent l'homme sont : la petite-vérole, le flux du ventre, la fièvre, la colique, la dyssenterie, le rhume du cerveau ou de la poitrine, la phtysie, la constipation.

Certaines personnes ont des défauts naturels du corps. Il y en a qui ont une bosse, un goître, ou quelqu'autre excroissance. D'autres sont boîteux ou manchots. D'autres encore sont aveugles, ou borgnes, ou louches. Enfin, il y en a qui sont sourds, muets, ou bègues.

Dieu soit loué de ce que mon corps est sain, et n'a aucun des défauts que je viens de nommer ! Mais je me garderai bien de mépriser ceux qui n'ont pas le corps aussi bien constitué que moi. Je ne dois pas oublier que c'est un malheur, mais non un crime, et que l'état malheureux de ces hommes, mes frères, mérite ma plus tendre compassion.

De l'assistance mutuelle des Hommes.

Les besoins communs à tous les hommes sont la nourriture, le vêtement et le logement.

Beaucoup d'hommes travaillent journellement pour me fournir toutes ces choses. Par exemple ceux qui travaillent pour la nourriture sont : le cultivateur, le meunier, le boulanger, le boucher, le pêcheur, le jardinier, le brasseur, l'ouvrier en sel et en sucre.

Pour mon vêtement, il me faut le travail du drapier, du tisserand, du tanneur, du mégissier, du pelletier, du tailleur, du cordonnier, du chapelier, du faiseur de bas, du ceinturonnier, de l'épinglier, du passementier, du boutonnier, de la couturière, de la blanchisseuse, du savonnier, du vergetier et du faiseur de peignes.

Ceux qui travaillent pour mon logement sont : l'ouvrier dans les carrières, le chaufournier, le faiseur de briques, le couvreur, le manœuvre, le maréchal-ferrant, le serrurier, le vitrier, le menuisier, le potier, le ramoneur de cheminée.

Outre cela il faut, pour l'ameublement, l'assistance du potier d'étain, du chaudronnier, du cloutier, du ferblantier, du tonnelier, du tourneur, du charron, du vannier, du cordier, du corroyeur; du sellier, du papetier, du relieur, du fendeur de bois, du journalier.

Outre cela mes précepteurs ont soin de mon instruction ; les magistrats et les militaires veillent à ma sûreté, le médecin et l'apothicaire à ma santé.

Puisque je sais que tant d'hommes travaillent pour moi et s'empressent pour mon bien-être, il est bien juste que j'aime tous les hommes comme mes frères et mes amis. Quant à présent, ce sont mes parents à qui je dois le plus ; car ce sont eux qui me fournissent la nourriture, qui me pro-

curent des vêtements et qui me logent.
Ils ont soin de me préserver de tout mal ;
car ils savent mieux ce qui m'est avanta-
geux ou nuisible que moi-même. Ils me
donnent aussi de bons préceptes et ils me
font instruire, parce qu'ils désirent que
je sois un jour sage, habile, pieux, et par
conséquent heureux. Tant que je vivrai
j'aurai la plus vive reconnaissance des
bienfaits sans nombre dont mes parents
me comblent.

Julien n'avait que huit ans quand
il perdit sa mère.

LE

SAGE ÉCOLIER.

JULIEN n'avait que huit ans quand il perdit sa mère ; c'était une pauvre veuve qui était infirme et avait de la peine à élever sa petite famille. L'enterrement et les funérailles ont été faits gratis par les soins du curé de la paroisse. Par cette mort il se trouva seul et sans ressource; il fut obligé d'aller demander son pain de porte en porte. Il ne manquait jamais de paraître honnête, agréable, et d'offrir ses services à ceux qui lui donnaient quelque chose,

car il était courageux et ne demandait
pas mieux que de travailler. Il s'aban-
donna entièrement aux soins de la Pro-
vidence, pensant que, puisqu'elle lui
avait donné la vie, elle aurait bien la
bonté de la lui conserver et de l'aider
au besoin. Enfin Dieu toucha en sa fa-
veur le cœur d'un riche négociant, à qui
Julien demandait la charité de si bonne
grâce, qu'il fut enchanté de voir tant de
civilité dans un petit mendiant, il en eut
pitié et le prit à son service en qualité de
laquais, avec la permission d'aller tous les
jours à l'école. Comme il était fort appli-
qué, il profita beaucoup et obtint en peu de
temps une place au bureau de son maître.
Julien lui en témoigna sa reconnaissance
par la soumission et l'exactitude à remplir
ses devoirs. A peine avait-il atteint l'âge de
dix-sept ans, qu'une maladie lui enleva
son généreux maître et le laissa dans une
profonde douleur. Sa fidélité et sa belle
conduite le firent rechercher des honnêtes

gens, qui lui donnèrent leur confiance.
Il parvint aux premiers emplois, et fit,
avec le temps, une fortune qui lui donna
des jours heureux.

Mets toute ta confiance en Dieu, car il peut changer
en bien le sort des malheureux.

~~~~~~

L'ENFANT DILIGENT.

Jacques n'avait que six ans, et déjà il
aimait à aller à l'école. Dès que sa mère
l'éveillait, il se levait et courait se faire
laver et peigner. À l'école, il se tenait
tranquille à sa place, et il écoutait atten-
tivement ce que disait le maître. Quand
on lui faisait une question, il répondait
modestement à haute voix en regardant
le maître.

Aussi le précepteur se plaisait-il à instruire Jacques, il était généralement
aimé de tous les autres enfants; et de
plus il apprit à bien lire en peu de temps.

5 *

Il demanda à la jeune fille qui le conduisait si elle voulait jouer avec lui.

LE PETIT ÉCOLIER.

Il y avait un petit enfant tout petit , car s'il avait été plus grand , j'ose croire qu'il eût été plus sage; mais il n'était guère plus haut que cette table. Sa maman l'envoya un jour à l'école. Le temps était fort beau , le soleil brillait sans nuages , et les oiseaux chantaient sur les buissons. Le petit garçon aurait mieux aimé courir les champs que d'aller se renfermer avec ses livres. Il demanda à la jeune fille qui le conduisait si elle voulait jouer avec lui ; mais elle lui répondit : Mon ami, j'ai autre chose à faire que de jouer. Lorsque je vous aurai conduit à l'école , il faudra que j'aille à l'autre bout du village chercher de la laine à filer, pour ma mère , autrement elle resterait sans travailler, et elle n'aurait pas d'argent pour acheter du pain.

Un moment après il vit une abeille qui voltigeait d'une fleur à l'autre ; il dit à la jeune fille : j'aurais bien envie d'aller jouer avec l'abeille ; mais elle lui répondit que l'abeille avait autre chose à faire que de jouer, qu'elle était occupée de voler de fleur en fleur pour y ramasser de quoi faire son miel ; et l'abeille s'en retourna vers sa ruche.

Alors il vint à passer un chien, dont le corps était couvert de grandes taches rousses ; le petit garçon aurait bien voulu jouer avec lui, mais un chasseur, qui était près de là, se mit à siffler, aussitôt le chien courut vers son maître et le suivit dans les champs. Il ne tarda guère à faire lever une perdrix que le chasseur tua d'un coup de fusil, pour son dîner.

Le petit garçon continua son chemin, et il vit au pied d'une haie un petit oiseau qui sautillait légèrement. Le voilà qui joue tout seul, dit-il, il sera peut-être bien aise que j'aille jouer avec lui. Oh ! pour cela non, répondit la jeune fille, cet oiseau a bien autre chose à faire que de jouer ; il faut qu'il ramasse de tous côtés de la paille, de la laine et de la mousse pour construire son nid. En effet, au même instant l'oiseau s'envola tenant en son bec un grand brin de paille qu'il venait de trouver, et s'en alla se percher sur un grand arbre, où il avait commencé à bâtir son nid dans les feuillages.

Enfin le petit garçon rencontra un cheval au bord d'une prairie. Il voulut aller jouer avec lui; mais il vint un laboureur qui emmena le cheval, en disant au petit garçon : mon cheval a bien autre chose à faire que de jouer avec vous, mon enfant ; il faut qu'il vienne labourer mes terres, autrement le blé ne pourrait pas y venir, et nous n'aurions pas de pain.

Alors le petit garçon se mit à réfléchir, et il se dit bientôt en lui-même : tout ce que je viens de voir a autre chose à faire que de jouer, il faut bien que j'aie aussi à faire quelque chose de mieux. Je vais aller tout droit à l'école apprendre mes leçons à merveille ; et il reçut les louanges de son maître. Ce n'est pas tout ; son papa, qui en fut instruit, lui donna le lendemain un grand cheval de bois pour le récompenser d'avoir eu tant d'application. Je vous demande à présent si le petit garçon fut bien aise de n'avoir pas perdu son temps à jouer.

LA PAUVRE SERVANTE.

UNE pauvre fille, qui s'était mise en service pour soigner des enfants, pleurait un jour bien fort. Sa maîtresse qui s'en aperçut, lui ayant demandé le sujet de ses pleurs: Ah! dit-elle, en sanglottant, quand je pense à ce que je vais devenir, il faut bien que je pleure ! Vos enfants vont tous les jours à l'école et apprennent de bonnes choses ; et moi.... malheureuse, je crois comme la mauvaise herbe ! il faut que je serve les autres pour gagner ma vie ; et quand même je pourrais aussi aller à l'école, je n'ai pas seulement de quoi payer le maître, et voilà pourquoi je ne serai jamais qu'une ignorante. Ah ! si je pouvais seulement y aller quelquefois, je travaillerais volontiers toute la nuit. La maîtresse, attendrie par ce discours, dit en elle-même, il faut que j'aie pitié de cette pauvre fille. Dieu veut que nous prenions soin des pauvres, et, les faire instruire, est à ses yeux la plus belle action que l'on puisse faire. Elle envoya en effet, dans la suite, la bonne fille à l'école, toutes les semaines, pendant quelques heures ; et plus elle apprenait, plus elle était fidèle et laborieuse.

L'ENFANT CHARITABLE.

Un mendiant voyant un jour l'enfant d'un pauvre journalier tenant de chaque main un morceau de pain, qu'il mangeait de bon appétit : j'ai grand faim, lui dit-il, cher enfant, donnez-moi seulement la moitié du plus petit morceau de pain que vous tenez. L'enfant lui donna le plus gros morceau, et fut bien content de voir le plaisir avec lequel le pauvre le mangeait. Celui-ci lui dit en s'en allant : Je mourais de faim, vous m'avez rassasié ; Dieu vous bénisse, aimable enfant ! Lorsque cet enfant fut grand, tout lui réussit.

Dieu récompense souvent les bonnes actions de ce monde.

LA PETITE ÉTOURDIE.

LAURETTE Dorsimont était une petite fille bien étourdie ; il ne se passait pas un seul jour qu'elle ne se fît du mal à elle-même ou qu'elle n'en causât à d'autres personnes. Sa maman lui avait expressément défendu de manier des couteaux et de toucher au feu et aux bougies allumées ; mais lorsqu'elle était hors de la présence de sa maman, elle ne pensait plus à ses conseils ni à ses ordres.

On l'avait un jour laissée seule pour

quelques minutes avec sa petite sœur Sophie. Au lieu de prendre soin de l'enfant,
qui était plus jeune qu'elle de quelques
années, elle lui laissa prendre un couteau
qu'on avait oublié sur la table. La pauvre
petite Sophie, ne sachant pas encore que
les couteaux peuvent faire un grand mal,
le prit dans ses petites mains, et se coupa
quatre doigts jusqu'aux os ; ce qui lui
fit souffrir les plus vives douleurs et la
rendit estropiée d'une main pour le reste
de sa vie.

Le lendemain Laurette, voulant ramasser
une aiguille qu'elle avait laissé tomber,
prit sur la table un flambeau qu'elle mit
à terre. En se baissant étourdiment, elle
avança sa tête si près de la bougie, que
le feu prit tout d'un coup à son bonnet.
Comme il était attaché, il ne fut pas possible de l'enlever ; la flamme eut bientôt
brûlé toute sa coiffe et tous ses cheveux ;
sa tête entière fut couverte de grosses am-
poules : elle en eut même sur les deux

6

joues. Il s'écoula bien du temps avant qu'elle pût en guérir, et tant qu'elle vécut elle eut toujours sur le visage deux grandes cicatrices, pour apprendre à tous les enfants qui la regardaient combien ils peuvent se rendre malheureux par une étourderie d'un seul moment

LA QUERELLE.

Le jeune Alphonse de Berval voyait un jour de sa fenêtre deux petits garçons du peuple qui se disputaient vivement, et qui semblaient prêts à se battre. Il fut bien étonné lorsqu'il apprit que ces deux petits garçons étaient frères, et que le sujet de leur querelle était une pomme que l'un d'eux venait de trouver à terre, et dont il ne voulait pas donner le moindre morceau à l'autre. Comment est-il possible, disait-il, que deux frères se querellent pour des gourmandises? Il faut sûrement que ce soit de bien mauvais enfants.

Sa sœur aînée, jeune demoiselle pleine de raison, lui dit qu'elle n'en était pas aussi étonnée que lui. Ces deux enfants, continua-t-elle, n'ont pu recevoir d'éducation de leurs pauvres parents. On n'a pas su leur apprendre que des enfants bien élevés doivent chercher à se faire plaisir l'un à l'autre, que lorsqu'on chérit son frère, on s'en fait chérir à son tour, et que Dieu a ordonné à tous les hommes de s'aimer.

Que je plains ces pauvres petits malheureux, s'écria Alphonse ! et combien je dois de grâces à Dieu de m'avoir donné des parents qui ne négligent rien pour mon instruction ! Me voilà résolu de suivre en tout leurs conseils ; et toutes les fois que je serai embarrassé sur ce que je dois faire, j'irai leur demander comment il faut me conduire pour tâcher de devenir un jour un homme de bien.

Elle exerce son chat Zizi à se tenir
sur ses pattes de derrière.

SOPHIE ET SON PETIT CHAT.

La petite Sophie avait un chat gris, nommé Zizi, qu'elle aimait beaucoup. C'est fort bien fait sans doute d'aimer son chat ; mais l'amitié de Sophie pour Zizi était si folle qu'elle ne pensait qu'à lui seul, et qu'elle employait la plus grande partie de son temps à le caresser et à le faire jouer avec elle. Le matin, dès qu'elle était sortie du lit, à peine donnait-elle à sa bonne le temps de l'habiller, tant elle était pressée de courir à Zizi, pour l'exercer à se tenir sur ses pattes de derrière, et à faire des culbutes. Elle avait tous les jours une leçon à apprendre. Eh bien, elle était si occupée de Zizi, qu'elle ne faisait aucune attention à sa lecture. Aussi, lorsqu'elle allait vers sa maman pour répéter sa leçon, il lui arrivait souvent de n'en savoir pas un seul mot. C'était la même négligence pour ses petits ouvrages à l'ai-

6*

guille. Elle cousait tout de travers pour
avoir fini plus vîte et courir après son fa-
vori ; même dans ses heures de récréation,
au lieu de s'amuser avec sa poupée, comme
les autres demoiselles de son âge, elle prenait son chat sous le bras et le menait, bon
gré malgré, faire un tour de jardin.

On sent bien que si la petite fille négligeait ses devoirs pour jouer avec Zizi, Zizi,
en jouant avec elle, négligeait aussi les
siens, et laissait l'armée souriquoise dé-
vaster impunément la maison. La mère
de Sophie voyait les souris danser sous la
table, et sa fille se jeter dans l'ignorance.
Elle crut devoir prendre enfin son parti.
Malgré les pleurs de Sophie, Zizi fut en-
voyé à l'extrémité de la ville, dans une
maison où l'on savait l'usage que l'on doit
faire des animaux. De cette manière tout
rentra dans l'ordre. Zizi, n'étant plus dis-
trait de ses fonctions, délivra sa nouvelle
demeure des rats qui la ravageaient ; et
Sophie, après avoir essuyé ses larmes,

apprit très-exactement ses leçons, se rendit fort habile dans la couture, et pendant toutes ses heures de loisir, elle donna tant de soins à sa poupée, qu'elle fut déclarée tout d'une voix la reine des poupées de tout le voisinage.

LE PETIT ADRIEN.

O mon cher Adrien, viens avec moi, je t'en prie, disait un jour la petite Agathe à son frère. Tu sais bien que je n'aime pas à aller sans toi dans le jardin. Pourquoi ne veux-tu pas me faire ce plaisir, puisque je te le demande avec amitié ! Parce que je n'en ai aucune envie, répondit seulement Adrien ; puis il se renfonça, en bâillant, dans le fauteuil où il était assis. Agathe se retira dans un coin et se mit à pleurer.

En ce même instant, leur mère entra dans la chambre. Pourquoi donc pleures-tu, dit-elle à Agathe? As-tu fait de la peine à ton frère, pour qu'il soit enfoncé si tristement dans son fauteuil.

Oh! non, ma chère maman, répondit Agathe, je pleure parce qu'il ne veut pas venir avec moi dans le jardin, et que je n'aime pas à y aller sans lui.

Est-il possible, Adrien, reprit leur mère, que tu aies refusé ce plaisir à ta sœur? Est-ce qu'elle te l'aurait demandé d'une vilaine manière?

Non, non, maman, répondit Adrien, qui commençait à sentir sa faute, et qui en rougissait; Agathe me l'a demandé d'une fort jolie manière, et c'est moi qui l'ai refusé vilainement. En disant ces mots, il courut vers sa petite sœur, la prit par la main, et lui dit : viens, ma chère Agathe, je suis tout prêt à faire ce que tu veux ; allons ensemble dans le jardin.

Agathe essuya ses larmes, et regardant son frère avec un joli sourire, elle lui dit : pourvu que cela ne te fasse pas de peine, au moins, cher Adrien.

Oh! non, non, ma petite sœur, je serai

fort aise de jouer avec toi ; je veux te faire oublier que je t'ai rebutée.

Leur mère leur donna un baiser fort tendre à chacun, et les suivit dans le jardin, pour mettre encore plus de joie dans leurs plaisirs, en les partageant.

LE MANGEUR DE GATEAUX.

Un pâtissier, qui allait sur un chemin en portant sur sa tête une corbeille pleine de gâteaux, en laissa tomber quelques-uns sans s'en apercevoir. Un petit garçon, qui marchait à quelques pas derrière lui, vit tomber les gâteaux, courut les ramasser et les rendit à leur maître. Je vous remercie, mon petit ami, lui dit celui-ci. Mais pourquoi ne les avez-vous pas mangés ? Parce que cela n'aurait pas été bien, répondit le petit garçon. Ces gâteaux sont à vous ; je ne dois pas prendre ce qui ne m'appartient pas. Voilà qui est fort bien pensé, répliqua le pâtissier : vous avez fait votre devoir en

me les rendant. Mais, puisque vous avez
été si honnête, je veux vous en donner
deux pour votre récompense. Le petit garçon les reçut en le remerciant, et il courut
partager ce déjeûner friand avec son frère,
ainsi que doit le faire tout enfant qui veut
se faire aimer.

Après que ce brave petit garçon se fût
retiré, l'homme aux gâteaux, en poursui-
vant sa route, en laissa tomber quelques
autres de sa corbeille, qui était beaucoup trop pleine. Un autre enfant les vit
tomber à terre, et courut les ramasser;
mais il ne fut pas si honnête que le pre-
mier, car, au lieu de les rendre comme
lui à leur maître, il se mit à les manger
goulument. Tandis qu'il les mangeait
ainsi, le pâtissier se retourna et le prit sur
le fait de sa gourmandise. Qui vous a donné
ces gâteaux, lui dit-il ? Je les ai trouvés,
répondit le petit glouton, et je les ai mangés
parce que je les aime. Mais ils m'appar-
tenaient, repliqua le pâtissier ; vous les

aviez vu tomber de ma corbeille et vous auriez dû me les rendre. Puisque vous vous êtes comporté comme un voleur, je vais vous corriger. A ces mots il ôte sa corbeille de dessus sa tête, courant de toutes ses jambes vers le petit garçon qui s'enfuyait ; il l'atteignit bientôt et le frappa rudement de son bâton.

Les cris que poussait ce malheureux vaurien furent entendus de son père. Il accourut pour défendre son fils ; mais, lorsqu'il eût appris la raison de son châtiment, il remercia celui qui le corrigeait d'une si bonne manière ; et, après lui avoir payé les gâteaux que son fils avait mangés, il emmena celui-ci dans sa maison pour le punir encore plus sévèrement de son indigne conduite.

LA VANITÉ.

ÉLÉONORE était une petite fille pleine de la plus sotte vanité. Pourvu qu'elle fût bien habillée, elle pensait qu'elle n'avait pas besoin de savoir lire et travailler, et qu'il fallait laisser les livres et les aiguilles aux enfants des pauvres, qui avaient besoin de s'instruire pour gagner leur vie.

Il n'y avait pas un domestique dans la maison qu'elle n'humiliât chaque jour par ses airs de mépris ; et lorsqu'elle trouvait dans la rue des petits garçons ou des petites filles dont les vêtements n'annonçaient pas la richesse, elle redressait la tête ; les regardait par-dessus l'épaule, et s'imaginait qu'ils n'étaient pas dignes de marcher sur le même terrain.

Elle ne traitait pas ses compagnes avec moins de hauteur. Son cœur s'enflait d'orgueil, en se comparant à elles, parcequ'elle avait de plus jolis bijoux et de plus beaux habits. La petite Emilie venait quelquefois jouer avec elle ; mais, comme ses parents, quoiqu'ils fussent très-riches, la tenaient simplement vêtue, Éléonore l'insultait et s'emportait même jusqu'à la battre, lorsqu'elle ne voulait pas faire semblant d'être sa servante en jouant au ménage.

Ses parents avaient un procès duquel dépendait toute leur fortune : ils le perdirent et moururent de chagrin. Eléonore se trouva bien malheureuse. Elle ne pouvait gagner sa vie par l'ouvrage de ses mains, parcequ'elle n'avait pas appris à travailler lorsqu'elle pouvait le faire. Après avoir été si dédaigneuse envers ses amies, il ne fallait pas songer à leur aller demander des secours. Tout le monde la rebutait. Elle sentit alors combien le mépris fait de mal aux pauvres gens. Enfin, elle se crut trop heureuse de pouvoir entrer au service d'Emilie.

N'était-il pas bien triste pour elle, mes chers amis, de se voir réduite à être tout de bon la servante d'Emilie, elle qui l'avait si souvent battue pour ne vouloir pas être la sienne en badinant !

L'ORGUEIL PUNI.

CÉCILE DE LONGUEIL était, à l'âge de six ans, d'une figure charmante; ses cheveux, d'un brun-clair, descendaient en boucles naturelles sur ses épaules : ses yeux brillaient d'un feu plein de douceur. Le sourire était toujours sur sa bouche, et ses petites joues rondelettes avaient une fraîcheur qui invitait à les caresser.

Cécile entendait dire à tout le monde qu'elle était jolie. Son cœur en prit de l'orgueil : elle ne pouvait souffrir qu'on lui parlât de ses défauts. Elle eut même bientôt la folie de se croire un modèle de perfection. Tous ceux qui n'avaient pas une figure agréable lui paraissaient indignes de l'approcher. Les charmes de l'esprit et la bonté du caractère n'étaient rien pour elle. La beauté faisait tout; encore n'estimait-elle que la sienne. Jugez comme elle traitait ceux qui avaient quelque défaut naturel dans la taille ou dans la figure. Au lieu de les plaindre, elle les insultait sans pitié.

Joséphine, sa sœur, moins âgée d'un an, sans être d'une figure désagréable, n'avait aucun trait qui la fît remarquer. Mais, ce qui la faisait distinguer de tout le monde, c'était son humeur douce et caressante, sa modestie et sa docilité. Elle aimait beaucoup à s'instruire; et, avant que sa sœur connût une lettre, elle savait déjà lire tout couramment.

Les deux petites filles prirent ensemble la petite-vérole. Joséphine supporta son mal avec autant de douceur que de courage. Mais Cécile, effrayée du danger où elle était de perdre sa beauté, aigrit son sang par ses impatiences. Qu'arriva-t-il? Joséphine guérit heureusement, sans que le mal laissât de traces sur sa figure. Pour Cécile, elle fut près de mourir, et

son joli visage fut entièrement défiguré.
Elle avait de grandes cicatrices sur le nez,
et ses yeux restèrent bordés de rouge. On
ne se souvenait plus qu'elle eût été belle,
ou ceux qui se le rappelaient, ne la regardaient qu'avec plus de dégoût. Son humeur devint triste; et, comme elle ne savait
ni travailler, ni lire, elle n'avait rien qui
pût la distraire de ses chagrins. Elle eut
beau avancer en âge, elle n'en devint que
plus paresseuse et plus ignorante, et par
conséquent plus méprisée.

Joséphine, au contraire, gagnait tous les
jours quelque chose dans l'estime deshon-
nêtes gens, par son goût pour le travail et
pour l'instruction. Sa société était recher-
chée de toutes ses compagnes. Son bon naturel les attirait auprès d'elle, et son es-
prit amusant leur faisait toujours sentir un
nouveau regret de s'en éloigner.

Qu'est-ce donc que la beauté? Il suffit d'une maladie pour la détruire. Croyez-moi, cherchons à orner
notre esprit, à cultiver notre raison, à nous former un
caractère doux et sociable, voilà des avantages dont
rien ne peut troubler la jouissance.

LA PETITE MENTEUSE.

Lise, va-t-en au jardin, ma fille, tu cueilleras quelques cerises au cerisier, pour réjouir un peu le cœur de ton frère, mais surtout n'en mange pas. — Non, maman. — Tu sais que nous n'en avons guères cette année.—Oh ! oui, guères.— Il faut conserver le peu qu'il y a pour les malades.—Oui, maman, c'est juste. Lise part, mais elle ne tient pas sa promesse. Au retour, sa mère lui demande si elle n'en a point mangé. Oh ! mon Dieu, non, maman, répond la petite menteuse. Mais en disant cela ses lèvres et sa langue, encore teintes du jus des cerises, la trahirent ; et sa mère lui donna le fouet, bien fort, pour avoir menti.

Dans quelque occasion que ce soit, il ne faut jamais trahir la vérité. Tôt ou tard le mensonge se découvre : et celui qui a menti, mérite d'être châtié. Jeune menteur, vieux voleur. Dieu abhorre le mensonge et la fausseté.

7*

Hélas! je suis un pauvre laboureur
que la grêle vient de ruiner.

LE PAUVRE LABOUREUR.

La petite Julie était d'une figure assez gentille ; mais, ce qui vaut mieux encore, elle avait un cœur excellent. Elle était vivement touchée des peines des malheureux, et n'avait jamais de plus grande joie que lorsqu'il était en son pouvoir de les soulager.

Elle disait un jour à sa mère : ma chère maman, je suis bien fâchée de voir tous les jours des gens qui souffrent de besoin : comme je voudrais être riche pour leur donner tout ce qui leur manque ! On doit avoir bien du plaisir à faire sourire ceux qui voudraient pleurer.

Sa mère la pressa tendrement sur son sein, et lui dit : ô ma chère Julie ! combien je me trouve heureuse de te voir de si bons sentiments ! Tant que tu les conserveras dans ton cœur tu ne peux manquer d'être heureuse toi-même.

Son père, qui l'avait entendue, accourut vers elle les bras ouverts, et lui dit qu'il l'aimait encore plus en la voyant si bonne, et que tout le monde aussi l'en aimerait davantage. En même temps il tira sa bourse, et lui donna toutes les petites pièces de cuivre et d'argent qu'il avait, afin qu'elle pût satisfaire sou goût pour la bienfaisance.

Quelques heures après, Julie, accompagnée de sa bonne, alla chez une de ses petites amies qui demeurait à une certaine distance de sa maison. Vers le milieu du chemin elles trouvèrent un vieil homme évanoui sur un banc de pierre, et qui mourait de faim. A mesure qu'il revenait à lui-même, la bonne, en le regardant, crut le reconnaître : en effet, il était de son village, et il avait été le maître de son père. Elle fouilla dans sa poche pour y chercher de l'argent et lui en donner : malheureusement elle l'avait oublié à la maison; Julie lui glissa, avec un sourire, tout le sien dans la main. Elle demanda ensuite

au vieillard quel était son métier et pourquoi il était si pauvre. Hélas! ma petite
demoiselle, lui répondit-il, je suis un pauvre malheureux laboureur que la grêle
vient de ruiner. J'étais, il y a trois jours,
à la veille de faire une bonne moisson, et
aujourd'hui mon petit champ n'a plus un
seul épi pour me donner du pain.

Comme il disait ces mots, ils furent
enveloppés d'une troupe nombreuse de
gens qui fuyaient devant un bœuf échappé.
La pauvre Julie fut renversée par la foule,
et le bœuf était déjà près de passer sur
elle et de l'écraser sous ses pieds. Mais le
vieillard rappelant ses forces abattues à la
vue du péril que courait sa petite bien-
faitrice, se jeta au devant de l'animal fu-
rieux, et l'écarta avec son bâton. Ainsi
l'aimable Julie eut le double plaisir d'avoir
fait une bonne action sans attendre de
récompense, et d'être cependant récom-
pensée de cette bonne action.

LE PETIT VOLEUR.

PIERROT était un petit voleur qui ne cessait de dérober à son père, à sa mère, à ses
frères et à ses sœurs toutes les bagatelles,
toutes les friandises qu'il pouvait attraper.

Sa mère l'ayant dit dit un jour au père, ils
convinrent tous les deux de châtier bien
fort ce petit méchant. Pierrot de pleurer,
de s'excuser, disant qu'il n'avait pris que
des bagatelles. C'est justement pour ces
bagatelles que je te châtie bien rigoureu-
sement, lui dit ce père sage. C'est afin que
tu ne t'accoutumes point par de petits vols
à en faire dans la suite de plus grands, que
tu ne finisses point ta vie par la main du
bourreau. Celui qui est capable de dérob-
ber une pomme, peut un jour dérober de
l'argent , s'il en trouve l'occasion. Une
autre fois tu te souviendras de ne pas
prendre la moindre chose , sans la permission de ceux à qui elle appartient.

Tu ne déroberas point. Telle est la loi de Dieu.
LÉVIT. XIX, 11.

CHARLES ET COLIN.

CHARLES honorait son père et sa mère, leur obéissait en tout et se gardait bien de leur déplaire. Mais son frère Colin ne faisait rien qu'à sa tête : toutes les bonnes instructions de ses parents et du maître d'école lui entraient par une oreille et lui sortaient par l'autre : en un mot, il se conduisait si mal, qu'il ne cessait de causer des chagrins à son père et à sa mère.

Lorsque ces deux frères furent grands, Charles trouva partout de bons maîtres chez lesquels il gagnait honnêtement son pain : il épousa même une fille pieuse et laborieuse qui le rendit heureux.

Pour Colin, il resta grossier, stupide et paresseux toute sa vie. Il n'eut jamais que les plus mauvais maîtres, parce que les bons ne pouvaient le garder; et il finit par demander son pain à la porte de son frère.

Honores ton père et ta mère, obéis à tes maîtres, si tu veux vivre heureux.

Le bon sujet trouve aisément de l'emploi ; mais personne ne se soucie de celui qui n'est capable de rien.

La glace éclate, se brise, et voilà mon
petit étourdi dans l'eau.

LE DANGER DE GLISSER SUR LA GLACE.

Un jour, deux jeunes camarades d'école disputaient ensemble sur l'espèce de jeu qu'ils choisiraient pour bien s'amuser ; l'un proposait ceci, l'autre cela ; ils ne pouvaient s'accorder. Enfin, Pierrot, le plus âgé, mais le mois sage, dit à son petit camarade : Eh ! Guillot, nous n'y pensons pas, viens, viens, nous glisserons sur l'étang qui est déjà tout gelé. — Sur l'étang, dit Guillot, moi je n'en suis pas.— Pourquoi ? — Il n'y a pas longtemps qu'il gèle.— N'importe : il est tout glacé ; viens. — Je n'ai encore vu aucune grande personne sur la glace. — Qu'est-ce que cela fait?-Nous pourrions tomber dans l'étang, et il y a bien de l'eau. — Oh ! il a peur ! —Vas-y, toi, si tu veux, moi je n'y veux pas aller. Là-dessus Pierrot prend sa course ; mais à peine est-il arrivé au beau

8

milieu de l'étang, que la glace éclate, se brise et voilà mon petit étourdi dans l'eau jusque par-dessus la tête : on eut bien de la peine à le sauver.

Pierrot devint sage, mais ce fut à ses dépens, tandis qu'au contraire son petit camarade évita le danger sans autre secours que celui de sa propre raison.

LE MALFAITEUR.

JEANNOT ne s'occupait qu'à malfaire. Lorsqu'il revenait de la forge, muni d'un coûtre ou d'un soc qu'il avait aiguisé, il s'amusait à essayer s'il était bien affilé sur tous les jeunes arbres qu'il rencontrait. Le maire du village avait fait planter sur le chemin une belle allée de mûriers, et il voyait tous les jours, avec chagrin, qu'ils étaient endommagés. Il mit quelqu'un en embuscade, qui prit Jeannot sur le fait. Il fut vigoureusement tancé et condamné en outre à donner la moitié de ses gages pour payer les arbres gâtés. En vain il voulut chercher à s'excuser, disant que lui seul n'avait pas fait tout le mal, et qu'il y en avait bien d'autres qui s'en étaient mêlés. Le maire lui répondit que l'on n'avait trouvé en faute personne que lui; et que s'il avait vu quelqu'un en faire autant, il devait le reprendre et non l'imiter.

Combien de choses utiles, d'excellentes productions se trouvent gâtées ou retardées par de tels garnements, et qui, sans eux, eussent pu devenir très-avantageuses.

Garde-toi d'imiter les méchants et les insensés, si tu ne veux pas être condamné à réparer ton propre dommage et celui des autres.

LE PETIT GLOUTON.

Thomas avait été si gâté par ses parents qu'il était extrêmement délicat; il fallait lui choisir les morceaux, autrement il ne cessait de contrôler la nourriture qu'il recevait de ses maîtres, et ses camarades, à son exemple, rejetaient et méprisaient souvent aussi des mets que, sans lui, ils eussent mangé avec beaucoup de reconnaissance envers Dieu. Il prodiguait journellement ses gages à s'acheter du pain blanc ou du gâteau et même du café. Vous jugez bien qu'un pareil sujet ne restait pas longtemps dans une maison, il était bientôt congédié. Il arriva un temps de cherté : le délicat Thomas fut alors obligé d'aller mendier de porte en porte, et s'étant un jour présenté à celle d'un de ses anciens maîtres, dont il avait tant dédaigné la nourriture, il eut beaucoup de peine à en obtenir un petit morceau de pain noir et moisi. Ah ! s'écria-t-il, j'ai bien mérité ce qui m'arrive. Si j'avais à présent les mets que j'ai méprisés, je me trouverais bien heureux.

LES PETITS GOURMANDS.

La petite Rose ayant ramassé dans un coin une boulette qui ressemblait à une dragée, la croqua, et périt qnelques heures après. Cette boulette contenait de l'arsenic, et avait été préparée pour faire mourir les rats et les souris.

Le petit Charles faillit mourir, il y a peu de temps, pour avoir mangé trop de fruits.

Jules, son frère, mourut effectivement, et après des douleurs cruelles, pour avoir avalé de l'eau forte qu'il avait trouvée dans le cabinet de son père, et qu'il avait prise pour de la liqueur.

Il faut éviter la gourmandise, qui est un très-grand défaut, et cause souvent la perte des enfants.

8*

FABLES.

LE SINGE ET LE RENARD.

Un jour les animaux s'assemblèrent dans le dessein de se choisir entr'eux un roi : le singe, qui mourait d'envie de l'être, fit en leur présence des tours si surprenants et des gambades si légères, qu'après avoir charmé, par sa souplesse, toute l'assemblée, il enleva tous les suffrages, et fut nommé roi. Cependant le renard, chagrin de voir que l'adresse l'eût emporté sur le mérite, tendit au singe cette embûche. Sire, lui dit-il, en lui montrant une fosse au fond de laquelle était un piège qu'il avait préparé et couvert de quelques feuilles, vous saurez que ces jours passés j'ai découvert, dans ce trou, un trésor inestimable ; or, tout trésor, comme bien sait votre majesté, appartient de droit au roi; vous êtes le nôtre, ainsi, comme il vous est acquis, ne manquez pas d'en faire votre profit. A ces mots le singe sauta dans la fosse : mais bien loin d'y voir ce qu'il cherchait, il s'y trouva pris au piège du renard. Et celui-ci, éclatant de rire : pauvre fou, dit-il à l'autre, as-tu bien pu te mettre dans l'esprit que tu saurais gouverner les autres, puisque tu ne sais pas te gouverner toi-même !

Le singe était fourni d'adresse,
On eût dans mainte foire admiré sa souplesse,
Mais il manquait de jugement :
Et sans cela voit-on de bon gouvernement ?

LE CHAT ET LE COQ.

Un chat entra dans une basse-cour, vit un coq, et d'un coup de griffe, l'abattit sous lui. Son dessein était d'en faire un bon repas. Pourquoi me traiter ainsi, s'écria le coq? je ne me souviens pas de vous avoir jamais fait aucun mal qui ait pu mériter que vous m'ôtiez la vie. Quand je n'aurais aucun sujet légitime de me plaindre de

toi, répartit l'autre d'un ton composé, je
me rendrais moi-même coupable envers
Dieu, si je ne te punissais des vols que je te
vois commettre. Méchant ! qui va rôder
tous les jours sur le champ de ton maître,
pour dérober le grain qu'il y sème, tu mourras : disant cela il l'étrangle et le mange.

Sous les griffes du chat, le coq dit en mourant,
Tu penses beaucoup plus à ma chair qu'à mon crime;
Mais couvrir ses forfaits d'un prétexte apparent,
C'est de tout scélérat la commune maxime.

LE VIGNERON ET SES ENFANTS.

Un vigneron se sentit proche de sa fin ;
alors il appela ses enfants: Mes enfants leur
dit-il, je ne veux point mourir sans vous
révéler un secret que je vous ai tenu caché
jusqu'à présent, pour certaines raisons.
Apprenez que j'ai enfoui un trésor dans
ma vigne ; lorsque je ne serai plus, et que
vous m'aurez rendu les derniers devoirs,
ne manquez pas d'y fouiller, et vous l'y
trouverez. Le bon homme mort, les enfants

coururent à la vigne et retournèrent le
champ de l'un à l'autre bout; mais ils eu-
rent beau fouiller et refouiller, ils n'y trouvèrent rien de ce que leur père leur avait fait
espérer. Alors ils crurent qu'ils les avait
trompés ; mais ils reconnurent bientôt
qu'ils ne leur avait rien dit que de véritable.
Le champ, ainsi retourné, devint si fé-
cond, que la vigne leur rapporta, pendant
plusieurs années, le triple de ce qu'elle
avait coutume de produire.

Aucun mortel ne fit cet apologue insigne.
C'est de Dieu qu'il nous vient; du moins je l'en crois
digne.
Que chacun sur l'airain le grave en lettres d'or :
Le travail, nous dit-il, est pour l'homme un trésor.

LE FERMIER ET LA CIGOGNE.

Un laboureur tendit ses réseaux, une
cigogne et quelques oiseaux de proie s'y
abattirent, alors l'homme les prit et tua
ces derniers. Comme il se mettait en devoir de tuer encore l'autre, celle-ci lui
remontrait qu'elle n'était ni méchante, ni

complice des brigandages que ceux parmi
lesquels elle se trouvait prise avaient exer-
cés ; et partant, que c'était une injustice
criante de vouloir, en la confondant avec
eux, lui faire le même traitement qui leur
avait été fait. Tu mourras, répartit l'oi-
seleur. Comment veux-tu que je te croie
bonne, quand je te trouve en si mauvaise
compagnie ? Cela dit, il lui tord le cou.

C'est ainsi que surpris parmi les scélérats,
Vous auriez beau crier que de leurs injustices
Vous n'êtes point l'auteur, on ne vous croira pas.
Les hanter, c'est se mettre au rang de leurs complices.

LE FERMIER ET L'OIE.

UNE oie pondait chaque jour un œuf
d'or à son maître. Celui-ci s'imagina que
l'oiseau en était plein. Dans cette pensée
il le prend, le tue et lui ouvre le corps ;
mais quel fut son désespoir, lorsqu'il ne
trouva rien de ce qu'il cherchait.

Pour vouloir trop avoir on pert tout : je l'ai dit,
Je le répète encor. Mais qui peut d'un avare
Assouvir ici-bas la passion bizarre,
Quel trésor, quel Pérou jamais le satisfît ?

L'ENFANT BIEN CORRIGÉ.

Le pauvre Nicolas, tout courbé sous le poids
D'un énorme fagot, s'en revenait du bois,
Un soir, beaucoup plus tard qu'il n'avait de coutume.
En marchant, il disait, d'un ton plein d'amertume :
« La bonne Marguerite est bien triste à présent ;
» Elle s'inquiète, elle pleure ;
» Chaque moment
» Lui parait long, long comme une heure.
» Antoine est triste aussi : c'est un si bon enfant !
» C'est tout le portrait de sa mère ;
» Si les Dieux nous aident, j'espère
» Qu'il sera tendre et bienfaisant.
» Cet espoir est bien doux. Mais voici que j'approche,
» Ils seront consolés quand ils me reverront ;
» Comme ils seront joyeux ! comme ils m'embrasseront !
» S'ils me faisaient quelque reproche,
» Je leur dirai pourquoi j'ai tardé si long-temps ;
» Au lieu de m'en vouloir ils seront bien contents.»
Tout en raisonnant de la sorte,
Nicolas arrive à sa porte ;

Il entre : il voit sa femme assise auprès du lit,
    Sur la traverse de sa chaise ;
Sa tête est renversée; elle pleure et gémit :
Son fils est à genoux : il tient, il presse, il baise
Sa main qu'elle paraît vouloir lui retirer.

« Cessez, dit Nicolas, cessez de soupirer,
» Me voilà bien portant..... Est-ce ainsi qu'on m'em-
      brasse?
» Vous ne me dites rien! Mon fils, tu ne viens pas
    » Te jeter dans mes bras?
    » Une caresse me délasse,
» Tu le sais bien; viens donc! ils veulent me punir!
» Ne boudez plus ; tenez, mettez-vous à ma place,
» Voyez si je devais plutôt m'en revenir.
» J'avais fait mon fagot, je sortais du bocage,
» Il n'était pas encore absolument bien tard,
» Quand j'y vois arriver un malheureux vieillard;
   « Il est, je crois de ce village,
» Que, par notre fenêtre, on aperçoit là bas ;
» Il se traînait à peine, « à voir votre démarche,
    » Lui dis-je, patriarche,
    » Vous semblez déjà las.
    » Il me répond par un hélas,
» Qui me fait grand pitié. Vîte, je prends ma hache,
» Je lui coupe un fagot; je ne le fais pas gros
» Il ne l'eût pas porté; de deux harts je l'attache,
    » Et le mets sur son dos.
    » Il me remercie et me quitte.
» Je veux doubler le pas pour arriver plus vite.

» La neige tient à mes sabots,
» Et m'empêche... Mais quoi, ma chère Marguerite,
» Encore des soupirs, encore des sanglots !
» Tu ne pardonnes point ? Tu ne m'aimes donc guère ?
» Je ne l'aurais pas cru. » Marguerite, à ces mots,
Le prenant par la main, lui dit : « Malheureux père,
» Pourrais-tu désirer d'être aimé de la mère
  » Du fils le plus méchant ? »

—« Antoine, méchant ! lui ! non, non : son caractère
» Est bon ; je le connais ; il est encore enfant ;
» Il aime à folâtrer, c'est le droit de son âge :
  » Mais laisse faire, en grandissant,
   » Il sera bon et sage. »
» —Dis plutôt cruel. » —« Non je le promets pour lui.
» Antoine, tu devrais le promettre toi-même,
» Et tâcher d'apaiser une mère qui t'aime ;
» Mais approche, dis-moi : qu'as-tu fait aujourd'hui
» Pour la fâcher ? réponds, puisque je le demande....
» Vous vous cachez, mon fils : la faute est donc bien
   grande ? »
» — Très-grande, cher époux : mais il en est honteux ;
» C'est bon signe. »—Dis-moi ce que c'est.—Tu le veux ;
  Tu seras fâché de l'entendre :
Mais enfin , tu le veux, tu le sauras. « Ce soir,
  » Comme il m'ennuyait de t'attendre,
» J'ouvrais de temps en temps la porte, et j'allais voir
  » Si tu venais. Une fauvette
  » Entre avec moi dans la maison ,
  Puis se blottit sur la couchette ;   9

» Elle grelottait; la saison

» Est pour cela bien assez dure.

» Je la réchauffais dans mon sein,

» De mon haleine et sous ma main :

» Lorsque je vois entrer la fille de Couture,

» La petite Babet : la pauvre créature,

» En tombant sur des échalas,

» Dans sa vigne, ici près, s'est déchirée le bras;

» Elle pleurait et sa blessure

» Saignait beaucoup; ce n'est pas moi

» Qu'elle demandait, c'était toi.

» Voyant que tu tardais, et qu'elle était pressée,

» Comme j'ai pu je l'ai pansée.

» Pour la panser, j'ai pris

» Le baume du pot gris;

» Est-ce bien celui-là? Me serais-je trompée? »

— C'est bon; après... — « Tandis que j'étais occupée

» A tout cela; ton fils, à qui j'avais donné

» La fauvette à tenir, dans un coin s'est tourné,

» Et puis...—Achève donc.—Et puis il l'a plumée.....

— Quoi plumée? » Oui, partout le corps,

» Hors les ailes pourtant. La porte était fermée,

» Il a bien su l'ouvrir pour la mettre dehors.

» Elle a volé, la malheureuse;

» Elle volait en gémissant;

» J'entendais sa voix douloureuse

» Qui me saignait le cœur... Nous aurons un méchant;

» Juge ce qu'il sera, s'il devient jamais grand.

» Voilà, mon bon ami, ce qui me désespère.

» Aurais-tu fait cela quand tu n'étais qu'enfant?

» Moi qui disais à tout instant :

» Mon cher Antoine aura la bonté de son père;

» Aussi je l'aimais trop : que Dieu m'en punit bien !... »

» — Va, va, console-toi, ma chère,

» Sèche tes pleurs et ne crains rien ,

» Il est là-haut une Justice

» Aux bons parents toujours propice.

» S'il doit être méchant, le ciel nous l'ôtera :

» Non, jamais il ne permettra...

» Approche-toi, mon fils, viens, viens, que je t'embrasse,

» Que je t'embrasse, hélas ! pour la dernière fois.

» Tu fais bien de pleurer ; je pleure aussi, tu vois.

» Mets ta main sur mon cœur : tiens, c'était là ta place,

» Car je t'aimais, Antoine, et c'était mon bonheur.

» Je ne t'aimerai plus... Oh ! si fait, j'ai beau dire,

» Je t'aimerai toujours... Ce sera ma douleur...

» Ciel ! j'aimerai donc un... j'ai peur de te maudire.

» Il faut les ramasser les plumes de l'oiseau,

» Et les pendre à ce soliveau :

» Ramasse-les, ma femme,

» Quand nous l'aimerons trop, nous les regarderons,

» En les regardant, nous dirons :

» Il ne faut pas aimer une aussi méchante âme.

» Ce pauvre oiseau, mon fils! (reste sur mes genoux)

» Ce pauvre oiseau! crois-tu que la seule froidure

» L'ait amené chez nous?

» Non, c'est l'auteur de la nature

» Qui le mettait entre nos mains :

» C'était nous ordonner de lui sauver la vie;

» Il prend soin des oiseaux tout comme des humains,

» Et vous l'avez plumé! s'il me prenait envie

» De vous envoyer nu passer la nuit au froid,

» Vous m'en avez donné le droit;

» Vous n'auriez point à vous plaindre :

» Mais je serais méchant : je vous ressemblerais,

» Et plus que vous j'en souffrirais.

» Ne tremble point, mon fils, va, tu n'as rien à craindre,

» Car je sens que je t'aime, et t'aimerai toujours.

» J'espérais que, dans la vieillesse,

» De ta mère et de moi tu serais le secours,

» Et tu vas abréger nos jours,

» Par les chagrins et la tristesse. »

» — Ah maman!.. ah papa!.. baisez-moi de bon cœur;

» Non, vous ne mourrez pas de chagrin, de douleur;

» Tout le bien que je pourrai faire,

» Je vous promets, je le ferai ;

» Je serai bon enfant, je vous ressemblerai. »

Aisément un père, une mère

Se laissent attendrir. Antoine eut son pardon.

Il tint sa promesse; il fut bon.

Il fut si vertueux, si sage,

Qu'on le montrait dans le canton

A tous les enfants de son âge.

Un jour qu'il regardait tristement au plancher,

La mère qui le vit alla prendre une échelle;

» Monte, mon fils, monte, dit-elle,

» Et va promptement détacher

» Les plumes de l'oiseau : c'est là ce qui t'afflige,

» Jette-les au feu, ne crains rien,

» Ton père le veut bien. »

» Tu le veux, n'est-ce pas? »—Oui.—Jette-les, te dis-je,

» Et qu'il ne reste aucun vestige....

» — Non, maman, je les garderai ;

» A mes enfants, si Dieu m'en donne,

» En pleurant, je les montrerai.

» En même temps je leur dirai :

« Un jour je fus méchant, et maman fut trop bonne. »

ACCENTS ET PONCTUATIONS.

Accent aigu (é).

L'ACCENT aigu est celui qui donne à la lettre *e* son véritable son, comme dans *bonté*, *fermeté*, c'est l'*é* fermé. Sans accent, on le nomme *e* muet, parce qu'il laisse prononcer la consonne qui le précède : *pontife* se prononce comme *canif*.

Accents graves (à è ù).

L'accent grave se place sur l'*a* et l'*u*, pour ne pas confondre les prépositions

9*

à et *où* avec le verbe *a* et la conjonction *ou*.

Elle va *à* Paris *ou à* Versailles , *où* elle a affaire.

Il se place sur l'*e* pour en rendre le son plus grave, ce qu'on nomme *e* ouvert ; *procès*.

Accents circonflexes (â ê î ô û)

L'accent circonflexe se place sur toutes les voyelles, pour leur donner le son le plus fort , comme : *château, tempête, île, dôme, brûlot*. Quelquefois cependant il laisse le son bref, lorsqu'on le met seulement pour indiquer une ancienne lettre supprimée : *hôpital*.

Tréma (··).

Le tréma se place sur une voyelle lorsqu'elle ne doit pas se joindre en une syllabe avec la voisine. *Haïr* se prononce *ha ir*, tandis que *chair* ne fait qu'une syllabe.

Cédille (ç).

La cédille ne sert que sous la lettre c,

pour lui donner le son de l's, devant *a* ,
o, *u* : *forçat*, *leçon*, *aperçu*.

Apostrophe (').

L'apostrophe tient lieu d'une voyelle
supprimée : *l'orage*, au lieu de *le orage* ;
qu'y a-t-il au lieu de *que y a-t-il*.

Trait d'union (-).

Le trait d'union est destiné à ne former
qu'un mot de deux mots séparés, *porte-
feuille*, *chef-d'œuvre*. Il se place aussi
après l'adverbe *très* , *très-heureux*.

Guillemet (»).

On se sert des guillemets à la tête des
lignes pour indiquer les passages que l'on
rapporte d'après un autre ouvrage.

Parenthèses ().

Les parenthèses servent à détacher les
mots qui y sont compris de la phrase au
milieu de laquelle elles se trouvent.

*La soude (espèce de sel tiré des plantes
marines) est la principale base du savon.*

Virgule (,).

La virgule indique un léger repos dans la leclure.

Point et virgule (;).

Le point et virgule demande un repos plus marqué, mais sans cependant que la phrase paraisse encore finie.

Deux points (:).

Deux points finissent une des parties de la période, mais laissent encore attendre une suite.

Point (.).

Le point marque la fin de la phrase et le repos absolu.

Point d'interrogation (?).

Il sert aux questions : *Que demandez-vous ?*

Point d'exclamation (!).

Il indique les phrases d'apostrophe ou de plainte : *Hélas! Oh Dieu!*

CHIFFRES.

0, 1, 2, 3, 4, 5,
zéro, un, deux, trois, quatre, cinq,
6, 7, 8, 9,
six, sept, huit, neuf.

L'usage du zéro est d'augmenter la valeur
du chiffre qui le précède, un zéro l'augmente
par dizaine ; deux zéros par centaine, trois
zéros par mille, etc. Voyez l'exemple par les
chiffres ci-après :

10, 20, 300, 4000, 5000, 6000.
dix, vingt, 3 cents, 4 mille, 5 mille, 6 mille.

Avec le chiffre 1, ajoutant un o, il vaut dix;
avec le chiffre 2, ajoutant un o, il vaut vingt,
avec le chiffre 3, ajoutant deux o, il vaut trois
cents; avec le chiffre 4, ajoutant trois o, il
vaut quatre mille ; avec le chiffre 5, ajoutant
trois o, il vaut cinq mille ; avec le chiffre 6,
ajoutant trois o, il vaut six mille. Mais si, au
lieu d'un o, il se trouvait des figures signi-
ficatives, elles conserveraient leur valeur: par
exemple, au chiffre 1, ajoutant un 2, ils valent douze (12); au chiffre 3, ajoutant deux
4, ils valent trois cents quarante-quatre(344);
au chiffre 4, ajoutant trois 2, ils valent quatre
mille deux cent vingt-deux (4222); ainsi de
tous les autres chiffres.

TABLE

DE

MULTIPLICATION.

2 fois	2 font	4		4 fois	4 font	16
2 fois	3 font	6		4 fois	5 font	20
2 fois	4 font	8		4 fois	6 font	24
2 fois	5 font	10		4 fois	7 font	28
2 fois	6 font	12		4 fois	8 font	32
2 fois	7 font	14		4 fois	9 font	36
2 fois	8 font	16		4 fois	10 font	40
2 fois	9 font	18		4 fois	11 font	44
2 fois	10 font	20		4 fois	12 font	48
2 fois	11 font	22				
2 fois	12 font	24		5 fois	5 font	25
				5 fois	6 font	30
3 fois	3 font	9		5 fois	7 font	35
3 fois	4 font	12		5 fois	8 font	40
3 fois	5 font	15		5 fois	9 font	45
3 fois	6 font	18		5 fois	10 font	50
3 fois	7 font	21		5 fois	11 font	55
3 fois	8 font	24		5 fois	12 font	60
3 fois	9 font	27				
3 fois	10 font	30		6 fois	6 font	36
3 fois	11 font	33		6 fois	7 font	42
3 fois	12 font	36		6 fois	8 font	48

6 fois 9 font 54	8 fois 11 font 88
6 fois 10 font 60	8 fois 12 font 96
6 fois 11 font 66	
6 fois 12 font 72	9 fois 9 font 81
	9 fois 10 font 90
7 fois 7 font 49	9 fois 11 font 99
7 fois 8 font 56	9 fois 12 font 108
7 fois 9 font 63	
7 fois 10 font 70	10 fois 10 font 100
7 fois 11 font 77	10 fois 11 font 110
7 fois 12 font 84	10 fois 12 font 120
8 fois 8 font 64	11 fois 11 font 121
8 fois 9 font 72	11 fois 12 font 132
8 fois 10 font 80	12 fois 12 font 144

Table de Pythagore.

1	2	3	4	5	6	7	8	9	10
2	4	6	8	10	12	14	16	18	20
3	6	9	12	15	18	21	24	27	30
4	8	12	16	20	24	28	32	36	40
5	10	15	20	25	30	35	40	45	50
6	12	18	24	30	36	42	48	54	60
7	14	21	28	35	42	49	56	63	70
8	16	24	32	40	48	56	64	72	80
9	18	27	36	45	54	63	72	81	90
10	20	30	40	50	60	70	80	90	100

CHIFFRES ARABES ET ROMAINS.

	arabes.	romains.
un	1	I.
deux	2	II.
trois	3	III.
quatre	4	IV.
cinq	5	V.
six	6	VI.
sept	7	VII.
huit	8	VIII.
neuf	9	IX.
dix	10	X.
onze	11	XI.
douze	12	XII.
treize	13	XIII.
quatorze	14	XIV.
quinze	15	XV.
seize	16	XVI.
dix–sept	17	XVII.
dix–huit	18	XVIII.
dix–neuf	19	XIX.
vingt	20	XX.
trente	30	XXX.
quarante	40	XXXX ou XL.
cinquante	50	L.
soixante	60	LX.
soixante-dix	70	LXX.
quatre-vingt	80	LXXX.
quatre-vingt-dix	90	XC.
cent	100	C.
cinq cents	500	D.
mille.	1000	M.

www.ingramcontent.com/pod-product-compliance
Lightning Source LLC
Chambersburg PA
CBHW051554280626
47162CB00022B/2279